O 21

RÉPUBLIQUE FRANÇAISE.

MINISTÈRE DE LA GUERRE.

EXTRAIT DU DÉCRET DU 29 MAI 1890

PORTANT RÈGLEMENT

SUR LA SOLDE ET LES REVUES

FORMULAIRE

DES

MUTATIONS

PARIS || **LIMOGES**
11, place Saint-André-des-Arts. || 46, Nouvelle route d'Aixe, 46.

IMPRIMERIE ET LIBRAIRIE MILITAIRES

Henri CHARLES-LAVAUZELLE

Éditeur

1890

RÉPUBLIQUE FRANÇAISE.

MINISTÈRE DE LA GUERRE.

EXTRAIT DU DÉCRET DU 29 MAI 1890

PORTÁNT RÈGLEMËNT

SUR LA SOLDE ET LES REVUES

FORMULAIRE

DES

MUTATIONS

PARIS		LIMOGES
11., place Saint-André-des-Arts.		46, Nouvelle route d'Aixe, 46.

IMPRIMERIE ET LIBRAIRIE MILITAIRES

Henri CHARLES-LAVAUZELLE

Éditeur

1890

1° SOLDE. (Tableau n° 1 du réglement.)
§ 1er. Armée active.

NUMÉROS D'ORDRE des positions.	POSITIONS.	SUBDIVISIONS des POSITIONS.	OFFICIERS ET EMPLOYÉS MILITAIRES ayant rang d'officiers ou de sous-officiers. MUTATIONS.	OBSERVATIONS.	MILITAIRES AYANT DROIT À UNE SOLDE EN POSITION D'ABSENCE. (Sous-officiers rengagés ou commissionnés, spahis indigènes des régiments algériens.)	MILITAIRES n'ayant pas droit à une solde EN POSITION D'ABSENCE. (Sous-officiers non rengagés ou commissionnés, caporaux ou brigadiers et soldats, spahis français des régiments algériens, spahis français et indigènes du régiment tunisien.)
1 et 36	Promus.	Étant présents.	Promu... au corps par décret du... *ou* Promu... au 36e de ligne par décret du..., parti et rayé le.... *ou* Venu des lieutenants du 36e de ligne, ayant été promu capitaine par décret du..., parti de... le..., arrivé au corps le...; a été payé à son ancien corps jusqu'au... inclus	»	Promu adjudant à la compagnie par ordre du..., ou pour prendre rang du... *ou* Nommé portier-consigne à...; par décision ministérielle du...; parti et rayé le... A porter au tableau des diminutions sur la feuille de journées, les allocations en deniers faites pour ce sous-officier du... (date de la nomination) au... inclus (veille du jour de la radiation des contrôles).	Nommé sergent à la 1re compagnie du 1er bataillon, par ordre du... ou pour prendre rang du...; parti pour rejoindre sa compagnie à..., le... *ou* Nommé sergent à la compagnie, par ordre du... ou pour prendre rang du....
		Étant en disponibilité.	En disponibilité, jouissant de la solde dite: « pendant les six premiers mois », nommé général de division par décret du...; maintenu dans la position de disponibilité. *ou* En disponibilité, jouissant de la solde dite: « après les six premiers mois »; promu général de division par décret du 10 mars; nommé au commandement de la 2e division d'infanterie par décision ministérielle du 20 mars notifiée le 25; parti le 27 pour rejoindre son poste à...	Cette mutation donne droit à la solde de disponibilité dite « après six mois » du grade de général de division, du 10 mars au 19 mars inclus et à la solde d'activité du même grade à partir du 20 mars.	»	»
		Étant en permission ou en congé.	En permission (ou en congé) avec solde de présence (ou d'absence) à... valable jusqu'au...; nommé capitaine par décret du.... *ou* En congé de deux mois avec solde d'absence du 1er octobre, à...; nommé capitaine par décret du 8 octobre; rappelé au corps par ordre, le 17 octobre; parti le 21 octobre; arrivé au corps le même jour.	A droit au rappel de la solde d'absence de lieutenant du 1er au 7 octobre inclus, au rappel de la solde d'absence de capitaine du 8 octobre au 20 inclus et à la solde de présence de capitaine à partir du 21 octobre.	En permission de trente jours avec solde de présence à la compagnie par ordre du... ou pour prendre rang du..., rentré le....	En permission de trente jours à..., nommé sergent, par ordre du..., rentré au corps le....

NUMÉROS D'ORDRE des positions.	POSITIONS.	SUBDIVISIONS des POSITIONS.	OFFICIERS ET EMPLOYÉS MILITAIRES ayant rang d'officiers ou de sous-officiers MUTATIONS.	OBSERVATIONS.	MILITAIRES AYANT DROIT A UNE SOLDE EN POSITION D'ABSENCE. (Sous-officiers rengagés ou commissionnés, spahis indigènes des régiments algériens.)	MILITAIRES n'ayant pas droit à une solde EN POSITION D'ABSENCE. (Sous-officiers non rengagés ou commissionnés, caporaux ou brigadiers et soldats, spahis français des régiments algériens, spahis français et indigènes du régiment tunisien.)
1 et 36	Promus (Suite).	Étant en permission ou en congé (Suite).	*ou* Élève de l'École spéciale militaire; en congé du..., à...; nommé sous-lieutenant par décret du..., pour prendre rang du 1er octobre suivant; arrivé au corps le 31 octobre. *ou* Élève de l'École militaire d'infanterie; parti de Saint-Maixent le 1er mars en permission avec solde de présence; nommé sous-lieutenant par décret du 15 mars; arrivé au corps le 30 mars.	A droit au rappel de la solde d'absence de sous-lieutenant du 1er octobre au 30 octobre inclus. A droit au rappel de la solde de présence d'élève du 1er au 14 mars et à la solde de présence. de sous-lieutenant du 15 au 30 mars inclus. La solde d'élève ne figure pas dans la comptabilité des unités administratives; elle est rappelée sur l'état modèle n° 55 et le payement en est fait aux intéressés par le trésorier.		
		Étant à l'hôpital.	A l'hôpital, du 15 juillet; nommé lieutenant par décret du 20 août, sorti de l'hôpital le 7 septembre. Parti le 2 juillet pour l'hôpital d... où il est entré le 3; nommé lieutenant par décret du 20 juillet; sorti de l'hôpital le 28 juillet; arrivé au corps le même jour.	La solde d'absence de sous-lieutenant est due du 15 juillet au 19 août inclus et la solde d'absence de lieutenant, du 20 août au 6 septembre inclus. A droit à la solde de présence de sous-lieutenant pour la journée du 2 juillet; à la solde d'absence du même grade pour les journées du 3 au 19 juillet inclus; à la solde d'absence de lieutenant du 20 au 27 juillet inclus; et à la solde de présence de lieutenant pour la journée du 28 juillet.	A l'hôpital du 15 juillet, nommé sergent-major par ordre du..., ou prendre rang du..., sorti de l'hôpital le.... Parti le 2 juillet pour l'hôpital de..., où il est entré le 3; nommé sergent-major par ordre du..., pour prendre rang du...; sorti de l'hôpital le 28 juillet, arrivé au corps le même jour.	A l'hôpital du 15 juillet; nommé caporal le...; sorti le.... Parti le 2 juillet pour l'hôpital de...; nommé caporal le...; rentré au corps le....
		En mission.	... nommé colonel par décret du....		»	»
		Retenus dans une place en état de siège.	Nommé, par décret du..., capitaine au corps faisant partie de la garnison de..., mise en état de siège....	»	»	»
		Comptant au régiment de sapeurs-pompiers de la ville de Paris promus dans un autre corps ou service.	Promu capitaine au..., par décret du 10 août; parti et rayé le 15.	Si l'officier demande à être payé avant son départ de la solde de capitaine d'infanterie lui revenant pour la période du 10 au 14 août inclus, le payement lui est fait par le régiment de sapeurs-pompiers à titre d'avance remboursable par le corps auquel l'officier est affecté.		

NUMÉROS D'ORDRE des positions.	POSITIONS.	SUBDIVISIONS des POSITIONS.	OFFICIERS ET EMPLOYÉS MILITAIRES ayant rang d'officiers ou de sous-officiers. MUTATIONS.	OBSERVATIONS.	MILITAIRES AYANT DROIT A UNE SOLDE EN POSITION D'ABSENCE. — (Sous-officiers rengagés ou commissionnés, spahis indigènes des régiments algériens.)	MILITAIRES n'ayant pas droit à une solde EN POSITION D'ABSENCE. (Sous-officiers non rengagés ou commissionnés, caporaux ou brigadiers et soldats spahis français des régiments algériens, spahis français et indigènes du régiment tunisien.)
1 et 36	Promus (Suite).	Comptant au régiment de sapeurs-pompiers de la ville de Paris promus dans un autre corps ou service. (Suite).	*ou* A l'hôpital ou en congé du...; nommé capitaine au... par décret du 10 août; rayé des contrôles le 15 août.	La solde revenant à cet officier jusqu'au 9 août inclus, lui est envoyée en un mandat sur le Trésor, par le régiment de sapeurs-pompiers	»	»
2 et 52	Admis dans la gendarmerie.	»	Passé avec son grade dans la la gendarmerie, par décision ministérielle du...; parti pour rejoindre son poste à..., le...; rayé ledit jour.	»	Nommé...; parti pour rejoindre son poste à..., le ...; rayé ledit jour.	Comme ci-contre.
3	Passant du régiment de sapeurs-pompiers dans un autre corps ou service.	»	Passé avec son grade au..., par décision ministérielle du...; parti pour rejoindre son corps à..., le...; rayé ledit jour. *ou* A l'hôpital ou en congé du...; passé avec son grade au..., par décision ministérielle du...; rayé le....	La solde pour la période comprise entre la date de la décision et le jour exclu du départ est payée à l'officier à charge de remboursement par le corps où il passe. La solde de présence ou d'absence revenant à l'officier jusqu'au jour exclu de la date de la décision ministérielle lui est envoyée en un mandat sur le Trésor par le régiment de sapeurs-pompiers.	»	Passé au..., parti et rayé le....
4 et 53	Passant d'un corps ou service dans le régiment de sapeurs-pompiers.	»	Passé avec son grade au régiment de sapeurs-pompiers de la ville de Paris par décision ministérielle du...; parti le..., rayé ledit jour. A l'hôpital ou en congé du...; passé avec son grade au régiment de sapeurs-pompiers de la ville de Paris, par décision ministérielle du...; rayé le....	La solde pour la période comprise entre la date de la décision et le jour exclu du départ est payée à l'officier à charge de remboursement par le régiment de sapeurs-pompiers. La solde revenant à l'officier jusqu'au jour exclu de la date de la décision ministérielle lui est envoyée par le corps en un mandat sur le Trésor.	»	Passé au régiment de sapeurs-pompiers de la ville de Paris; parti et rayé le...
5	En mission.	»	Envoyé en mission à..., ordre de...: parti le...; rentré le....	»	»	»

NUMÉROS D'ORDRE DES POSITIONS.	POSITIONS.	SUBDIVISIONS des POSITIONS.	OFFICIERS ET EMPLOYÉS MILITAIRES ayant rang d'officiers ou de sous-officiers. MUTATIONS.	OBSERVATIONS.	MILITAIRES AYANT DROIT A UNE SOLDE EN POSITION D'ABSENCE. (Sous-officiers rengagés ou commissionnés, spahis indigènes des régiments algériens.)	MILITAIRES n'ayant pas droit à une solde EN POSITION D'ABSENCE. (Sous-officiers non rengagés ou commissionnés, caporaux ou brigadiers et soldats, spahis français des régiments algériens, spahis français et indigènes du régiment tunisien.)
6	Membres d'un conseil de guerre ou de révision ou d'un conseil d'enquête.	N'appartenant pas à la garnison.	Parti le... ayant été nommé membre (du conseil de guerre ou de révision) de... ou ayant été désigné pour faire partie d'un conseil d'enquête siégeant à...; arrivé dans cette place le...; en est reparti le...; rentré (au corps ou à son poste) le....	»	»	»
7 et 38	Appelés en témoignage.	Étant présent.	Parti le..., allant en témoignage devant (conseil de guerre ou tribunal civil de...); arrivé dans cette place le...; en est reparti le...; rentré (au corps ou à son poste) le.... *ou* En (permission ou congé) avec solde de (présence ou d'absence) à...; appelé en témoignage devant (conseil de guerre ou tribunal civil) de...; parti le...; arrivé à..., le...; en est reparti le...; rentré à son domicile le....	»	Même mutation que ci-contre complétée par la mise en subsistance, s'il y a lieu.	Parti le..., allant en témoignage à...; en subsistance au..., du... au..., rentré au corps le... *ou* en (permission ou congé) à...; appelé en témoignage à...; en subsistance au..., du... au...; rentré (dans ses foyers ou au corps) le....
		Étant absent.	En (permission ou congé) à..., du... valable jusqu'au 20 mars; appelé en témoignage devant (conseil de guerre ou tribunal civil) siégeant audit lieu; a été retenu jusqu'au 21 mars inclus; arrivé au corps le même jour.	La solde de présence est dans tous les cas, acquise, pour les journées des 21 et 22 mars.	Comme ci-contre, sauf le cas de mise en subsistance pour la journée du 21.	
8 et 39	Mis en subsistance.	»	»	»	En subsistance au 33e de ligne, du..., au... inclus. *ou* de la 1re compagnie du 2e bataillon; en subsistance à la compagnie du..., au... inclus.	Même mutation que ci-contre.
9 et 41	Rentrant des prisons de l'ennemi.		Était prisonnier de guerre à...; rentré en France le...; parti le..., le...; arrivé (au corps ou au poste assigné) le.... *ou* Était prisonnier de guerre à...; rentré en France le...; retenu à..., en attendant une destination, affecté à... par ordre du...; parti le...; arrivé (au corps ou au poste assigné) le....	»	Était prisonnier de guerre à..., rentré en France le...; mis en subsistance au.... *ou* Parti isolément ou en détachement de..., le...; arrivé au corps le....	Même mutation que ci-contre.

NUMÉROS D'ORDRE des positions.	POSITIONS.	SUBDIVISIONS des POSITIONS.	OFFICIERS ET EMPLOYÉS MILITAIRES ayant rang d'officiers ou de sous-officiers. MUTATIONS.	OBSERVATIONS.	MILITAIRES AYANT DROIT A UNE SOLDE EN POSITION D'ABSENCE. (Sous-officiers rengagés ou commissionnés, spahis indigènes des régiments algériens.)	MILITAIRES n'ayant pas droit à une solde EN POSITION D'ABSENCE. (Sous-officiers non rengagés ou commissionnés, caporaux ou brigadiers et soldats, spahis français des régiments algériens, spahis français et indigènes du régiment tunisien.)
9 et 41	Rentrant des prisons de l'ennemi (Suite).	»	*ou* Etait prisonnier de guerre à...; rentré en France le...; a reçu notification de sa mise en non-activité le...; parti le..., pour se rendre dans ses foyers à....	La solde de présence est due du jour de la rentrée en France à celui exclu de la notification de la mise en non-activité.		
10	Sur le pied de guerre.		Désigné pour faire partie de (armée ou rassemblement sur le pied de guerre) à.... *ou* Désigné pour faire partie de (armée ou rassemblement sur le pied de guerre), parti le..., de...; a passé la frontière le...; arrivé à..., le.... *ou* Même mutation; embarqué à..., le..., (soir ou matin), débarqué à..., le....	Mutation inverse lors de la rentrée.	Pour la troupe, les hommes partant généralement avec le corps ou en détachement, la mutation figure au tableau 2 de la feuille de journées.	Comme ci-contre.
11 et 42	Rentrant par congé, d'une armée ou d'un rassemblement sur le pied de guerre.	»	Fait partie de l'armée de..., parti de..., le..., allant en congé de..., valable jusqu'au.... pour en jouir à...; a passé la frontière le..., rentré à son poste le..., ayant passé la frontière le.... *ou* Fait partie de l'armée de Chalons, parti le..., allant en congé de..., à..., valable jusqu'au...; rentré à son poste le....	»	Comme ci-contre.	Fait partie de l'armée de...; parti de..., le..., en vertu d'un congé de..., valable jusqu'au..., pour en jouir à...; a passé la frontière le...; parti de..., le...; a passé la frontière le..., rentré au corps le....
12	Rentrant d'une armée pour cause d'admission à la retraite, à la non-activité ou à la réforme	»	Faisait partie de l'armée de..., admis à la pension de retraite (ou mis en non-activité par... ou en réforme) par décret ou décision présidentielle du...; parti de..., le...; a passé la frontière le...; rayé des contrôles de l'activité le ...			»
13	Rentrant de l'Algérie ou de la Tunisie pour cause d'admission à la retraite, à la non-activité ou à la réforme.	»	Admis à la pension de retraite (ou mis en non-activité pour... ou en réforme par...), (décret ou décision présidentielle du..., notifié à l'intéressé le...); débarqué en France à..., le...; rayé des contrôles de l'activité le.... *ou* Même mutation; étant à l'hôpital du...; sorti le...; débarqué en France à..., le...; rayé des contrôles de l'activité le....		Même mutation que ci-contre pour le cas d'admission à la retraite.	Comme ci-contre.

NUMÉROS D'ORDRE des positions.	POSITIONS.	SUBDIVISIONS des POSITIONS.	OFFICIERS ET EMPLOYÉS MILITAIRES ayant rang d'officiers ou de sous-officiers. MUTATIONS.	OBSERVATIONS.	MILITAIRES AYANT DROIT à une solde en position d'absence. (Sous-officiers rengagés ou commissionnés, spahis indigènes des régiments algériens)	MILITAIRES n'ayant pas droit à une solde en position d'absence. (Sous-officiers non rengagés ou commissionnés, caporaux ou brigadiers et soldats spahis français des régiments algériens, spahis français et indigènes du régiment tunisien.)
14	Démissionnaires.	Étant présent.	Démissionnaire, offre acceptée par décision présidentielle du...., notifiée à l'intéressé le...; parti le...; rayé des contrôles de l'activité le....	»	Même mutation en substituant à la décision présidentielle la décision de M. le général commandant le corps d'armée.	Comme ci-contre pour les commissionnés.
		Étant absent.	En congé (ou à l'hôpital) du...; démissionnaire, offre acceptée par décision présidentielle du...; rayé des contrôles de l'activité le....	»	Même mutation que ci-contre.	Admis à la pension de retraite par décret du...; rayé des contrôles le...; se retire à....
15	Admis à la retraite.	Étant présent.	Admis à la pension de retraite par décret du..., notifié à l'intéressé le...; parti et rayé des contrôles de l'activité le...; se retire à....			
		Étant en permission, en congé ou à l'hôpital.	En permission (ou en congé à..., ou à l'hôpital du...); admis à la pension de retraite par décret du...; rayé des contrôles de l'activité le...; se retire à....	»	Même mutation que ci-contre.	Même mutation que ci-contre.
		Faisant partie d'une armée active.	Faisait partie de l'armée de...; admis à la pension de retraite par décret du...; parti de..., le...; a passé la frontière (ou est débarqué en France à...), le...; rayé des contrôles de l'activité le...; se retire à....	»	Même mutation que ci-contre.	Même mutation que ci-contre.
		Étant dans le cadre de réserve.	Était dans le cadre de réserve par anticipation; admis à la pension de retraite par décret du..., avec jouissance de la pension à partir du...; rayé des contrôles du cadre de réserve le...; a fixé sa résidence à....	La solde que l'officier aurait touchée pour la période comprise entre la date du décret de concession et celle fixée pour l'entrée en jouissance de la pension est remboursée par l'officier.	»	»
		Étant en non-activité.	Était en non-activité à..., du...; admis à la pension de retraite par décret du...; rayé des contrôles de la non-activité le....		»	»
16	Admis à la retraite ou au cadre de réserve et maintenu provisoirement en fonctions pour raison de service.	Étant présent.	Admis à la pension de retraite par décret du... (ou placé dans le cadre de réserve par décision présidentielle du...); maintenu en fonctions pour raison de service jusqu'au...; rayé des contrôles de l'activité le...; se retire à....	»	»	»
17	Décédés ou manquant à l'appel.		Décédé le... au corps ou à l'hôpital du... où il était le..., ou dans ses foyers à...; rayé des contrôles le... OU Manque à l'appel du....	»	Comme ci-contre.	Comme ci-contre.

NUMÉROS D'ORDRE des positions.	POSITIONS.	SUBDIVISIONS des POSITIONS.	OFFICIERS ET EMPLOYÉS MILITAIRES ayant rang d'officiers ou de sous-officiers. MUTATIONS.	OBSERVATIONS.	MILITAIRES AYANT DROIT À UNE SOLDE EN POSITION D'ABSENCE. (Sous-officiers rengagés ou commissionnés, spahis indigènes des régiments algériens.)	MILITAIRES n'ayant pas droit à une solde en position d'absence. (Sous-officiers non rengagés ou commissionnés, caporaux ou brigadiers et soldats, spahis français des régiments algériens, spahis français et indigènes du régiment tunisien.)
18	Militaires commissionnés pour remplir temporairement les fonctions d'un grade supérieur au leur.	»	Désigné pour remplir les fonctions de..., à partir du...; a cessé ses fonctions le....	»	Sergent rengagé, commissionné le..., pour remplir les fonctions de tambour-major par décision de M. le général commandant le corps d'armée.	(Sergent ou caporal) non rengagé. Même mutation.
19 et 45	Permissions ou congés.	Permissions.	Parti le... en permission de... jours avec solde de présence accordée par..., pour en jouir à...; rentré le.... *ou* Était en permission avec solde de présence...., etc., a obtenu de M. le Général... une prolongation de..., à titre de congé valable jusqu'au...; rentré le...	La solde d'absence n'est appliquée au titre de congé qu'après que l'officier a obtenu successivement des prolongations de permission avec solde de présence dans la limite de 30 jours.	Comme ci-contre.	Parti le..., en permission de... jours, valable jusqu'au..., pour aller à...; rentré le....
		Congés pour affaires personnelles.	Parti le... en congé de... mois, avec solde d'absence, accordé par... valable jusqu'au..., pour en jouir à...; rentré le... (mentionner avant la rentrée les prolongations successives, s'il y a lieu).	»	Parti le..., en congé de... mois avec (solde d'absence), valable jusqu'au..., pour en jouir à...; rentré le....	Parti le..., en congé de... mois pour en jouir à..., valable jusqu'au...; rentré le....
		Congés de convalescence.	Parti le... en congé de convalescence de... mois accordé par... avec solde de... valable jusqu'au... pour en jouir à...; rentré le... (mentionner, s'il y a lieu, les prolongations obtenues et la solde y afférente).	»	Comme ci-contre.	Parti le..., en congé de convalescence de... mois, pour en jouir à..., valable jusqu'au...; rentré le....
		Congés pour aller faire usage des eaux ou pour aller aux bains de mer.	Parti le 1er juin, en vertu d'un congé de deux mois valable jusqu'au 31 juillet inclus pour aller faire usage des eaux à ses frais à...; a fait usage des eaux du 6 juin au 15 juillet inclus...; rentré le 30 juillet.	Cette mutation donne droit : à la solde de présence pour 4 jours de délai de tolérance et 1 jour de route (aller et retour, soit 10 journées) et pour les journées du 6 juin au 15 juillet, au total 50 journées de solde de présence; les 10 journées du 21 au 30 juillet ne donnent droit qu'à la solde d'absence. Cette mutation est ainsi décomptée quand l'officier reporte au retour les délais de tolérance dont il n'a pas joui à l'aller.		»

NUMÉROS D'ORDRE des positions.	POSITIONS.	SUBDIVISIONS des positions.	OFFICIERS ET EMPLOYÉS MILITAIRES ayant rang d'officiers ou de sous-officiers. MUTATIONS.	OBSERVATIONS.	MILITAIRES AYANT DROIT A UNE SOLDE EN POSITION D'ABSENCE. (Sous-officiers rangés ou commissionnés, spahis indigènes des régiments algériens.)	MILITAIRES n'ayant pas droit à une solde EN POSITION D'ABSENCE. (Sous-officiers non rangés ou commissionnés, caporaux ou brigadiers et soldats, spahis français des régiments algériens, spahis français et indigènes du régiment tunisien.)
19 et 45	Permissions ou congés (Suite).	Congé pour aller aux colonies françaises.	Parti le 1er juin 1889 en vertu d'un congé de quinze mois valable jusqu'au 31 août 1890 inclus, pour en jouir à La Martinique, accordé par le Ministre de la guerre avec solde d'absence pour une année ; rentré au corps le....		»	»
		Congés pour aller à l'étranger.	Parti le..., en congé de..., accordé par le Ministre de la guerre avec solde de..., pour aller à...; rentré le....		Même mutation que ci-contre le cas échéant.	
		Congés pour attendre la liquidation de la pension de retraite.	Parti le..., en congé pour en jouir à..., en attendant la liquidation de sa pension de retraite.		Comme ci-contre.	Comme ci-contre.
20	Rappelés avant l'expiration de leur congé.	»	Parti de..., le..., en (permission ou congé) de..., valable jusqu'au ... inclus, pour en jouir à... ; rappelé par ordre; parti de..., le..., arrivé le....	L'officier recouvre le droit à la solde de présence, s'il est en congé avec solde d'absence, à partir du jour de sa mise en route pour rejoindre son poste jusqu'à celui inclus de son arrivée.	Comme ci-contre.	Comme ci-contre. Les militaires rappelés n'ont droit à aucune solde jusqu'au jour inclu de leur entrée au corps.
21	Allant exercer leurs droits d'électeur sénatorial ou siégeant aux conseils généraux ou aux conseils d'arrondissement.	Étant présent.	Parti le..., pour aller à la session du conseil général du département de...; arrivé à..., le...; parti de cette place le..., la session ayant été close le...; rentré le....		»	»
		Étant absent.	Etait en (congé ou permission) de..., valable jusqu'au...; convoqué pour aller exercer ses droits d'électeur sénatorial à...; parti le...; arrivé dans cette place le...; en est réparti le..., la période électorale ayant été close le...; rentré à son domicile le....	Si l'officier était en congé avec solde d'absence, la solde de présence lui est acquise à partir du jour du départ de son domicile jusqu'à celui inclus de sa rentrée dans cette localité.	»	»
22	Allant siéger au Sénat.	Étant présent.	Parti le..., pour aller siéger au Sénat; rentré le..., la session ayant été close le....		»	»
		Étant absent.	Etait en congé de... mois avec solde d'absence à..., valable jusqu'au...; parti de cette localité le ..., pour aller siéger au Sénat...; rentré à son poste le..., la session ayant été close le....	La solde d'absence est allouée du jour du départ en congé jusqu'à celui exclu du départ pour aller siéger au Sénat. La solde de présence est acquise du jour du départ pour Paris jusqu'à celui inclus de la rentrée dans ses foyers.		

Formul. &c.

2

NUMÉROS D'ORDRE DES POSITIONS.	POSITIONS.	SUBDIVISIONS des POSITIONS.	OFFICIERS ET EMPLOYÉS MILITAIRES ayant rang d'officiers ou de sous-officiers. / MUTATIONS.	OBSERVATIONS.	MILITAIRES AYANT DROIT À UNE SOLDE EN POSITION D'ABSENCE. (Sous-officiers rengagés ou commissionnés, spahis indigènes des régiments algériens.)	MILITAIRES n'ayant pas droit à une solde EN POSITION D'ABSENCE. (Sous-officiers non rengagés ou commissionnés, caporaux ou brigadiers et soldats, spahis français des régiments algériens, spahis français et indigènes du régiment tunisien.)
23	En permission ou en congé au moment où le corps change de garnison.	.	Parti en congé de... mois avec solde d'absence valable jusqu'au..., pour aller à...; parti de cette place le...; arrivé à... le...; dirigé sur..., nouvelle garnison du corps, le..., où il est arrivé le....	La solde de présence est acquise du jour du départ de l'ancienne garnison au jour inclus de la rentrée au corps.	Comme ci-contre.	Parti en congé de... mois le..., valable jusqu'au..., pour aller à...; arrivé à... le...; dirigé sur la nouvelle garnison à..., le..., où il est arrivé le....
24	Traités aux hôpitaux.	Dans un hôpital du lieu.	Entré à l'hôpital le..., sorti le.... *ou* Entré à (hôpital militaire ou ambulance de l'armée d...), pour (désigner les blessures ou la maladie résultant de la campagne); sorti le... ou évacué sur....	»	Comme ci-contre.	Comme ci-contre.
		Dans un hôpital externe.	Dirigé sur (hôpital militaire ou hospice civil de...), entré audit établissement le..., sorti le...; rentré à son poste le... *ou* comme ci-dessus avec l'addition suivante : Devait rentrer le..., d'après les délais fixés par sa feuille de route; privé du rappel de la solde de présence pour les journées du... au...	»	Comme ci-contre.	»
25 et 47	En jugement ou en détention.	Étant en activité, en disponibilité, en non-activité.	Écroué à la prison de..., le...; mis en jugement le...; acquitté le..., par jugement du conseil de guerre le...; parti de..., le... *ou* Condamné par le conseil de guerre de... à..., dirigé sur le corps à l'expiration de sa peine; parti de... le...; arrivé au corps le... *ou* Condamné par le conseil de guerre de..., peine entraînant la perte du grade; rayé des contrôles le..., date à laquelle le jugement est devenu définitif.	La solde de présence est acquise du jour où le militaire a été écroué jusqu'au jour inclus de sa rentrée à son poste. La solde d'absence est acquise du jour où le militaire a été écroué jusqu'au jour exclu de son départ pour rejoindre son poste, date à partir de laquelle il recouvre les droits à la solde de présence. A droit à la solde d'absence à partir du jour où il a été écroué jusqu'au jour exclu où le jugement est devenu définitif.	Même mutation que ci-contre. NOTA. Mentionner, quand il y a lieu, si le militaire est mis en jugement pour désertion. Dans ce cas il n'a droit à aucune solde du lendemain du jour où il a manqué à l'appel jusqu'au jour inclus de sa rentrée au corps. *ou* Remis entre les mains de la gendarmerie le..., pour être écroué à la prison...; écroué le...; mis en jugement, etc.	Même mutation que ci-contre.
26	Détenus par mesure disciplinaire.	.	Écroué à la prison militaire de... le..., pour y subir une punition disciplinaire de... jours de prison; rentré le....	»	Même mutation que ci-contre.	Même mutation que ci-contre.

NUMÉROS D'ORDRE DES POSITIONS.	POSITIONS.	SUBDIVISIONS des POSITIONS.	OFFICIERS ET EMPLOYÉS MILITAIRES ayant rang d'officiers ou de sous-officiers. — MUTATIONS.	OBSERVATIONS.	MILITAIRES AYANT DROIT A UNE SOLDE EN POSITION D'ABSENCE. (Sous-officiers rengagés ou commissionnés, spahis indigènes des régiments algériens.)	MILITAIRES n'ayant pas droit à une solde EN POSITION D'ABSENCE. (Sous-officiers non rengagés ou commissionnés, caporaux ou brigadiers et soldats, spahis français des régiments algériens, spahis français et indigènes du régiment tunisien.)
27	En captivité.	»	Fait prisonnier de guerre le...; en captivité à...; rentré en France à..., le....	»	Comme ci-contre.	Comme ci-contre.
28	En disponibilité.	»	Mis en disponibilité par décision du...; a cessé ses fonctions le.... ou A (l'hôpital ou en congé) à... du...; mis en disponibilité par décision du... qui lui a été notifiée le....	Reçoit la solde de disponibilité à dater du jour où il cesse ses fonctions. A droit à la solde d'absence fixée par le tarif de solde de disponibilité dite « avant les six premiers mois », s'il est à l'hôpital et à la solde entière de disponibilité s'il est en congé.	»	»
29	Admis dans le cadre de réserve.	»	Admis dans le cadre de réserve par anticipation, par décision du..., à dater du...; a fixé sa résidence à... ou Admis dans le cadre de réserve par décision du..., à dater du...; a fixé sa résidence à....	»	»	»
30	Non-activité.	»	Mis en non-activité par (indiquer le motif), par décision du..., notifiée à l'intéressé le...; parti et rayé des contrôles le...; a déclaré se retirer à.... ou Était en non-activité par (indiquer le motif), du...; rappelé à l'activité par décret du..., lettre de service remise à l'intéressé le...; parti le ...; arrivé le....	»	»	»
31 et 48	Absence irrégulière.	»	Absent irrégulièrement du...; rentré le....	»	Voir position 17.	Comme ci-contre.
32	Rentrant après les délais fixés par leur feuille de route.	»	Parti le 1er juin en congé de convalescence de trois mois avec solde de présence valable jusqu'au 31 août inclus pour aller à...; rentré le 3 septembre.	Est privé de toute solde pour les journées des 1er, 2 et 3 septembre, à moins que le retard ne soit motivé par un cas de force majeure dûment constaté.	Comme ci-contre.	»
33	Jeunes soldats appelés à l'activité en temps de paix.	»	»	»	»	Jeune soldat de la classe de..., du recrutement de...; arrivé au corps en détachement le....

NUMÉROS D'ORDRE des positions.	POSITIONS.	SUBDIVISIONS des POSITIONS.	OFFICIERS ET EMPLOYÉS MILITAIRES ayant rang d'officiers ou de sous-officiers. / MUTATIONS.	OBSERVATIONS.	MILITAIRES AYANT DROIT A UNE SOLDE EN POSITION D'ABSENCE. (Sous-officiers rengagés ou commissionés, spahis indigènes des régiments algériens.)	MILITAIRES n'ayant pas droit à une solde EN POSITION D'ABSENCE. (Sous-officiers non rengagés ou commissionés, caporaux ou brigadiers et soldats, spahis français des régiments algériens, spahis français et indigènes du régiment tunisien.)
34	Jeunes soldats appelés en cas de mobilisation et formés en détachement.	»	»	»	»	Jeune soldat de la classe de..., du recrutement de...; arrivé au corps en détachement le....
35	Jeunes soldats isolés et engagés volontaires.	»	»	»	»	Jeune soldat de la classe de..., du recrutement de...; arrivé au corps isolément le... ou Engagé volontaire à...., le... arrivé au corps isolément le....
36	Promus.	»	»	»	»	Voir position 1.
37	Passant dans un corps d'une autre arme.	»	»	»	»	Passé au régiment de... parti et rayé le....
38	Appelés en témoignage.	»	»	»	»	Voir position 7.
39	Mis en subsistance.	»	»	»	»	Voir position 8.
40	Placés dans les dépôts d'isolés ou de convalescents.	»	»	»	»	Placé au dépôt (d'isolés ou de convalescents) à..., du ..., au... inclus.
41	Rentrant des prisons de l'ennemi.	»	»	»	»	Voir position 9.
42	Rentrant par congé d'une armée ou d'un rassemblement sur le pied de guerre.	»	»	»	»	Voir position 11.

NUMÉROS D'ORDRE des positions.	POSITIONS.	SUBDIVISIONS des positions.	OFFICIERS ET EMPLOYÉS MILITAIRES ayant rang d'officiers ou de sous-officiers. MUTATIONS.	OBSERVATIONS.	MILITAIRES AYANT DROIT À UNE SOLDE EN POSITION D'ABSENCE. (Sous-officiers rengagés ou commissionés, spahis indigènes des régiments algériens.)	MILITAIRES n'ayant pas droit à une solde EN POSITION D'ABSENCE. (Sous-officiers non rengagés ou commissionnés, caporaux ou brigadiers et soldats, spahis français des régiments algériens, spahis indigènes du régiment tunisien.)
43	Rentrant de la Corse, de l'Algérie, de la Tunisie ou d'une armée par suite de mutation entraînant la radiation des contrôles.	Rentrant de la Corse, de l'Algérie ou de la Tunisie.	»			Passé dans la réserve (ou réformé, etc.) ; parti isolément de Blidah le... ; rayé ledit jour OU Passé dans la réserve (ou réformé, etc.) ; parti en détachement de Blidah le... ; embarqué à Alger le... (soir ou matin) ; rayé le... (dit jour quand l'embarquement a lieu le matin ou du lendemain quand il a eu lieu le soir).
		Rentrant d'une armée.	»	»	»	Faisait partie de l'armée de... ; renvoyé dans ses foyers à..., par suite de réforme ; a passé la frontière le... ; rayé le... (lendemain du passage de la frontière) OU Même mutation.... Embarqué le... (matin ou soir) ; rayé le... (dit jour quand l'embarquement a lieu le matin ou du lendemain quand l'embarquement a lieu le soir).
44	Se rendant pour le service de France en Algérie, en Tunisie ou en Corse et réciproquement, en détachement ou isolément.	»	»	»	»	Parti de..., en détachement pour se rendre en (Algérie, Tunisie, Corse) ; embarqué à..., le... (matin ou soir) ; débarqué à..., le... (matin ou soir) ; arrivé au corps le... OU Parti isolément de..., pour se rendre en (Algérie, Tunisie, Corse) ; embarqué à..., le... (matin ou soir) ; débarqué à..., le... (matin ou soir) ; arrivé au corps le... N'a reçu pour les journées passées en mer que les vivres de bord.
45	En permission ou en congé.	»	»		»	Voir position 19.

NUMÉROS D'ORDRE des positions.	POSITIONS.	SUBDIVISIONS des POSITIONS.	OFFICIERS ET EMPLOYÉS MILITAIRES ayant rang d'officiers ou de sous-officiers. MUTATIONS.	OBSERVATIONS.	MILITAIRES AYANT DROIT A UNE SOLDE EN POSITION D'ABSENCE. (Sous-officiers rengagés ou commissionnés, spahis indigènes des régiments algériens.)	MILITAIRES n'ayant pas droit à une solde EN POSITION D'ABSENCE. (Sous-officiers non rengagés o commissionnés, caporaux ou brigadiers et soldats spahis français des régiments algériens, spahis français et indigènes du régiment tunisien.
46	A l'hôpital.	»	»	»	»	Voir position 24.
47	En jugement, détenus, conduits par la gendarmerie.	»	»	»	»	Voir position 25.
48	Décédés au corps, manquant à l'appel.	»	»	»	»	Voir position 17.
49	Sous-officiers contractant un rengagement.	»	»	»	»	Rengagé le..., pour... ans, à compter du..., le du... ; ou A contracté le..., un rengagement de... ans ; admis la jouissance de la solde spéciale à compter du... (dat à laquelle commence à courir le rengagement).
50	Admis à la retraite étant présent.	»	»	»	»	Voir position 15.
51	Renvoyés dans leurs foyers.	»	»	»	»	Passé dans la (réserve, o réformé, ou envoyé en cong à titre de soutien de famille etc.) parti et rayé le....
52	Passant d'un autre corps dans la gendarmerie et inversement.	»	—	»	»	Voir position 2.
53	Passant d'un autre corps dans le régiment de sapeurs - pompiers et inversement.	»	»	»	»	Voir position 4.

NUMÉROS D'ORDRE DES POSITIONS.	POSITIONS.	SUBDIVISIONS des POSITIONS.	OFFICIERS ET EMPLOYÉS MILITAIRES ayant rang d'officiers ou de sous-officiers. MUTATIONS.	OBSERVATIONS.	MILITAIRES AYANT DROIT A UNE SOLDE EN POSITION D'ABSENCE. (Sous-officiers rengagés ou commissionnés, spahis indigènes des régiments algériens.)	MILITAIRES n'ayant pas droit à une solde EN POSITION D'ABSENCE. (Sous-officiers non rengagés ou commissionnés, caporaux ou brigadiers et soldats, spahis français des régiments algériens, spahis français et indigènes du régiment tunisien.)
			2° *Réserve et*	*armée territoriale.*		
54	Convoqués pour les périodes d'instruction.	»	Convoqué pour accomplir une période d'exercices (ou pour suivre les conférences et cours pratique sur le service des étapes, assister aux grandes manœuvres, aux exercices à feu, faire un stage soldé); arrivé au corps le 1er septembre, (a reçu ou n'a pas reçu l'indemnité de route pour cette journée); parti pour rentrer dans ses foyers le..., OU Convoqué pour commander le régiment territorial pendant les appels; arrivé à son poste le 8 mai (a reçu ou n'a pas reçu l'indemnité de route pour cette journée); est resté à son poste pendant toute la durée des périodes d'instruction, ou parti le..., pour rentrer à son domicile; en est reparti le...; arrivé à son poste le..., (a reçu ou n'a pas reçu l'indemnité de route pour cette journée). ou Comme ci-dessus, entré à l'hôpital le..., ou parti en permission le...; rayé le....	Les officiers convoqués pour être inspectés n'ont pas droit à la solde s'ils résident dans la place, lieu de convocation. Les officiers qui doivent se déplacer pour se rendre au lieu de convocation ont droit à l'indemnité de route sans indemnité fixe Quand le déplacement exige au moins trois journées, la solde de présence n'est due que pour la deuxième journée et à l'exclusion de l'indemnité de séjour. La date de la radiation est celle fixée pour la rentrée dans leurs foyers par l'ordre de convocation.	»	Réserviste (ou territorial) appelé pour accomplir une période d'instruction; arrivé au corps le...; renvoyé dans ses foyers le... ou le..., après le repas du matin.
55	Appelés en témoignage devant un conseil de guerre ou un conseil d'enquête.	»	Appelé en témoignage devant le conseil de guerre de...; à... (ou le conseil d'enquête siégeant à...); parti de... le...; arrivé au lieu de convocation le...; en est reparti le... pour rentrer dans ses foyers...	La solde de présence est due pour les journées effectives passées au lieu de convocation.	»	»
56	Convoqués pour subir une punition disciplinaire.	»	»		»	Réserviste (ou territorial) arrivé au corps le..., pour subir une peine disciplinaire; (a reçu ou n'a pas reçu pour cette journée l'indemnité de route); renvoyé dans ses foyers le...; rayé ledit jour.

Supplément de

formules de mutations.

OFFICIERS.	TROUPE.
Tué sur le champ de bataille à...(ou dans un service commandé à...); rayé le...	Comme ci-contre.
Nommé à l'emploi de trésorier du corps par décision du...; rayé le....	Nommé premier secrétaire du trésorier du corps (ordre du...); rayé le...
Venu de la 1re compagnie du 1er bataillon le..., ayant été nommé trésorier par décision du...	Venu des sergents de la 2e compagnie du 2e bataillon le...
Parti de... le... pour aller à... conduire un détachement de jeunes soldats destiné au régiment de...; arrivé à... le...; parti le...; rentré le...	Comme ci-contre.
Parti de... le... pour conduire un détachement au 2e bataillon du corps à...; arrivé dans cette place le...; parti le...; rentré au corps le... (a marché en détachement du... au...)	Comme ci-contre.
A accompli six ans dans le grade de capitaine, le...	
Admis a a solde de lieutenant de 1re classe par décision du...	
Logé dans les bâtiments militaires (meublés ou non meublés) du... au... (ou pendant tout le trimestre).	Logé en ville du... au... (ou pendant tout le trimestre).
	Engagé volontaire à..., le...; arrivé au corps le...; renvoyé, le... par suite d'annulation de son acte d'engagement; rayé ledit jour.
Passé à la 1re compagnie du 1er bataillon le...	Comme ci-contre.
ou	ou
Venu de la 1re compagnie du 3e bataillon le...; parti de... le...; arrivé à la compagnie le...	Venu de la 1re compagnie du 3e bataillon le...; parti de... le...; arrivé le...
Passe d'office au 2e bataillon de chasseurs à pied par décision du... a reçu une indemnité de... francs pour changement d'uniforme; décision du...	Comme ci-contre pour les adjudants.
Désigné par décision du... pour faire partie de la brigade topographique de...; parti de... le...; arrivé sur le terrain d'opérations le 25 juillet; parti le 15 septembre de... pour rejoindre son poste ou corps, sa mission étant terminée; rentré le...	Accompagne M. X... envoyé en mission topographique; parti de... le...; rentré au corps le...
A droit à l'indemnité de nourriture pour son cheval et celui de son ordonnance du 26 juillet au 14 septembre inclus.	

OFFICIERS.

Passé pour la première fois à une position montée le...; a droit à l'indemnité de première mise de harnachement.

A eu droit à l'indemnité de monture pour... chevaux, du... au...

A eu droit à une indemnité de... francs pour un cheval tué à l'ennemi le... (bataille ou combat) de...

A obtenu, par décision du..., une indemnité de... francs pour un cheval mort le... par suite de...

Désigné pour faire partie de l'armée de...; a droit à l'indemnité d'entrée en campagne...

Employé comme vaguemestre du quartier général de... du... au... décision du...

TROUPE.

Autorisé à percevoir l'indemnité en remplacement de vivres à partir du...

Admis à la haute paye de 30 centimes le...

Etait déserté, le...; rayé le...; amnistié par décret du...; arrivé au corps le...

Cassé de son grade et passé soldat à la 1re compagnie du 2e bataillon le...

Remis sergent sur sa demande, décision du...; passé à la... compagnie, le...; rayé ledit jour.

ou

Rétrogradé caporal, décision du...; passé à la... compagnie le...; rayé ledit jour.

Admis comme élève officier à l'Ecole militaire d'infanterie par décision du...; parti pour Saint-Maixent le...; remis sergent le...

Arrêté par la gendarmerie le...; ramené au corps le...

A marché en détachement du... au... de... à...

A droit à l'indemnité pour résidence dans Paris à partir du... date à laquelle commence à courir son engagement.

OFFICIERS.

Parti de Paris le 1ᵉʳ juin pour se rendre en mission à Lyon; entré à l'hôpital de cette place le 17 juillet; sorti le 16 août; rentré au corps le 17 août. A droit au rappel de l'indemnité pour résidence dans Paris, du 1ᵉʳ juin au 31 juillet inclus.

Passé au 1ᵉʳ régiment de tirailleurs algériens par décision du...; parti de Paris le 1ᵉʳ juin; arrivé à Marseille le 2 juin; embarqué le 3 au matin; débarqué à Alger le 4 au soir; arrivé à Blidah le 5...

A droit à l'indemnité de résidence à partir du 5 juin n'ayant pas reçu l'indemnité de route pour cette journée.

ou

N'a droit à l'indemnité de résidence qu'à partir du 6 juin ayant reçu l'indemnité de route pour la journée du 5.

Manière d'inscrire les mutations sur les situations

TROUPE.

administratives lors des grands mouvements d'isolés.

Partis en permission de 8 jours le... :
Sous-officiers rengagés : 962, Jacques, sergent.

Militaires non rengagés
1415, Pierre, sergent.
1510, Lucien; 1608, Maurice, caporaux.
1710, Gérôme, tambour.
1950, Gérand; 1960, Alcide; 1961, Carlès; 1965, Adrien; 1967, Deffieux; 1969, Imbault; 1975, Duval; 1987, Poisson etc., etc., soldats.

Rentrés de permission le... (Comme ci-dessus, en portant la mutation de sergent rengagé dans le tableau destiné au rappel des journées de solde pour l'absence.)

Réservistes arrivés au corps le.... en solde du... :
024, Jean; 029, Salmon; 032, Nolin, sergents.
040, Jullien; 052, Gérôme; 064, Martin; 075, Bernard, caporaux.
089, Gros; 095, Rozé; 0105, Remy; 01215, Boitel; 01308, Daquet; 0417, Goussy; 01415, Dulmot; 02502, Ferry; 02519, Domerque, soldats.

Réservistes renvoyés dans leurs foyers le... ou le... après le repas du matin.
Présenter les mutations comme pour l'arrivée.

Jeunes soldats arrivés au corps le...; en solde du...
2747, Andrat; 2750, Bourdon; 2751, Paillet; 2780, Legros; etc., etc.,

ou

Militaires de la classe de... renvoyés dans leurs foyers le...
1512, Pierre, sergent-major.
1775, Jean; 1778, Guichard, sergents.
1312, Granier; 1387, Abriat; 1398, Pujol, caporaux.
1115, Bellal; 1197, Sandorff, tambour et clairon.
1137, Foucault; 1182, Bertaud; 1190, Denis; 2102, Daugent; 2117, Chartaing, soldats.

Paris et Limoges. — Impr. milit. Henri CHARLES-LAVAUZELLE

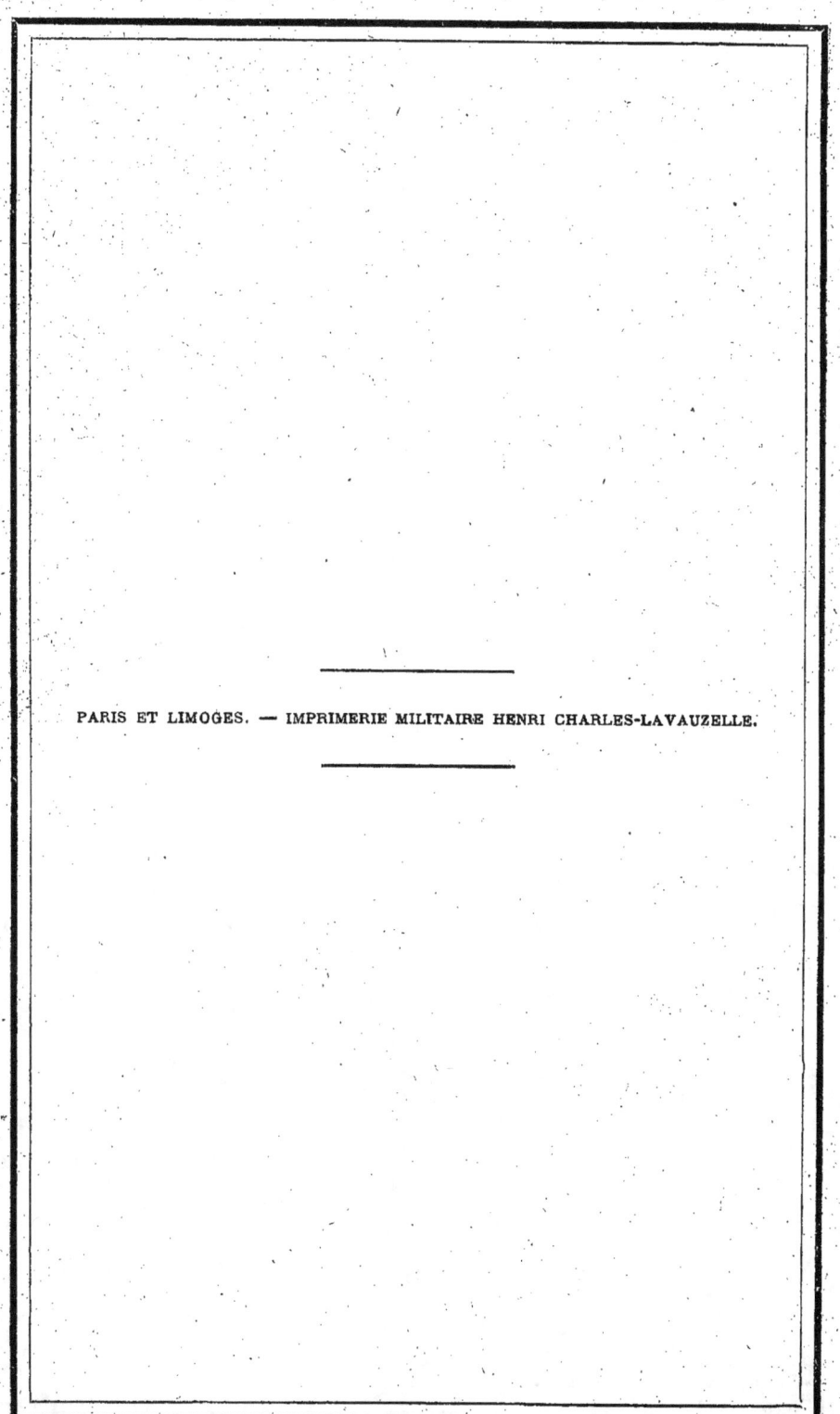

PARIS ET LIMOGES. — IMPRIMERIE MILITAIRE HENRI CHARLES-LAVAUZELLE.

www.ingramcontent.com/pod-product-compliance
Lightning Source LLC
Chambersburg PA
CBHW061514170626
46811CB00004B/1732